JN117196

たかが、いたずら半分
されど、蛙が空を飛んだ

曽我 茂司

文芸社

目次

蛙の冬眠場所

神社の境内の隅っこに、一メートル程の小さな松の木が、一本立っておりました。幹は曲がりくねって、少し茶色っぽく、葉っぱは緑色に艶がなく、これも所々茶色っぽく、まだ子供なのに、もう年寄りという感じで、今にも朽ちていきそうな具合で立っておりました。

実はぼくは、この松の木の下で冬眠しているのです。ぼくの名前は蛙のゲロ助。去年偶然にこの松の木の根っこを見つけ、一目で気に入ってしまい、この下の土の中で、二年目の冬眠に入っているのです。

その根っこというのが、大雨か何かで土砂が削り取られて、たまたま埋もれていた根っこが表に出て、上に浮き上がった感じなのです。それが何とも言えず気味が悪くて、地上三十センチあたりで、一つの幹からタコの足みたいに、四十本のゴツゴツと不器用に変形した根っこに分かれて、地面に突き刺さっているのです。それがぼくには、まるで四十匹の蛇がウヨウヨうねりながら、地中に突き進んでいるように見えたのです。

一面相の枯れ松の幹が、怪人四十面相の蛇になった！

一個から四十個の生命が誕生した。そこが特に気に入ったのです。ぼくの生命は一つで小さくて頼りないから、あんな風にいくつもの生命の集合体になったら、それこそ化け物みたいに見えて、もういじめられることも逃げ回ることもないと思ったのです。何とかあんな風になれないものかと、あれやこれやと思案しては、親から栄養をもらう赤ん坊みたいに、そばにいて生命のエネルギーを吸えたら、どんなにかいいだろうと、単純に思ったら、偶然パッと閃いたのです。なーんだっ、そうか、根っこのそばで冬眠すればいいじゃないか。根っこの赤ん坊になればいいじゃないか、と。

ご存じの通り、ぼくは井の中の蛙です。ところがです、自分で言うのも何ですが、こう見えてもぼくは、少々くせ者なんです。そのうち蛇を食ってやろうかと、常日頃から思っているのです。弱いくせにですよ。大海は知らないが、空の広さは知っているって、父蛙から教えられました。負けず嫌いなぼくにとっちゃ、つっかい棒みたいな文句です。それでぼくは、蛇を食って腹ごしらえしたら、今度は次にあの空へ飛んで行こうと、手足をバタバタさせて、訓練しているんです。飛べないくせにですよ。

そんな訳でして、少しぐらいはあの生命力の一滴でもいただけたらと、ぼくは赤ん坊みたいになって、松の木の根っこの下で冬眠しているのです。

三月になりました。ぼくはふと日の光の暖かさを感じて、よいこらしょっと土の中から身を起こし、外に出てみたのです。白梅がチラホラと咲き始めているのが見えました。神社には樹齢百年の白梅が、城の櫓（やぐら）みたいに空に突き出て、野球に譬えれば、監督用にあっちに一本、一塁コーチ用にこっちに一本、三塁コーチ用にそっちに一本と、神社を見守るようにして立っているのです。しかも白梅の木は三本しか立っていません。ぼくにはよく分かりませんが、人の世では③の数字が太陽のように、この上ないものらしくて、周りを陽気に照らすみたいなのです。しかも『この白梅は、平安時代の「東風（こち）吹かば……」と歌われた梅の木の子孫です。神社個人の見解』と太文字で書いた看板が立っています。嘘っぱちってすぐに分かっちゃうのに、堂々とした看板だから、神社の見解の大らかさに、蛙のぼくだって、感心してふふっと笑っちゃいます。

やがて三月の上旬になりました。神社の三本の白梅は満開になり、いよいよ目の前の汚れを取り除いて、年に一回の新鮮な空気と入れ替える作業に入るのです。とりわけ春を先駆ける白梅は注目の的ですから、一年間分の気合いを入れて春の目覚めを咲かせるのです。蛙のぼくだってそりゃ嬉しくて、ピョンピョンと軽快に、神社の境内を飛び回り、いざ花見見物で体を清めて楽しもうとしたところ、どうも去年と様子がちがって、人間の姿がパラパラと少なくて淋しいのです。次の日もそうでした。次の次の日もそうでした。白梅の精魂込めたせっかくの心遣いが、一向に通用しなくて、風もないのに一枚二枚三枚と散り始めました。

ぼくは何があったのかと心配になり、世の中相談所に聞いてみたのです。そしたら緊急事態が発生して、人間全員に冬眠するようにと要請が出されたとのことでした。

それだったら、冬眠の先輩の蛙のぼくに、いち早く相談してくれればよかったのにと思ったのです。

何しろ、人間って特別な存在ですから。

見りゃ分かるじゃないですか、白梅だって蛙のぼくだって、生まれたまんまで、しかも、素直に生きているというのに、人間は違います。特に近頃なんかは、一段と派手に着飾って、濃い化粧でしょう。それがぼくには、どうにも理解できないのです。自然らしさがありません。根っこが腐っているのかもしれません。

ですから、ちょうどうまく天が与えてくれたチャンスというもんでしょう、ぜひとも、蛙のぼくの冬眠場所へいらっしゃい。根っこを煎じてさしあげます。人間の根っこを洗濯する儀式を行いましょう。それからゆっくりとぼくといっしょに冬眠しましょう。目が覚めたら、いいことになっているにちがいありません。

――蛙のぼくが空を飛ぼうとしている冬眠場所です。

ぼくはカラスです

人が寄ってきても逃げない図々しさや、黒光りする目付きや、色々と印象が不良っぽくて、どこか無法者みたいなカラスのぼくも、いつしか年を取りました。

年を取ったら、巣から出るのがおっくうになって閉じこもりがちです。まるで熊さんの冬眠と同じですよと、軽く考えていたら、ちょっと様子がちがうようです。そのまま地下に沈んでいくような気配ですから、何だか永眠の方に近づいている感じです。

この年ですから一応覚悟はしておりますが、ホラこの間あったでしょう、突然死、心臓マヒっていうらしいんですが、あれが来たらもうお手上げです。はぐれガラスですから、親はとっくにいないし、結婚したくても相手がいなかったし、ポツンと世間に一羽ですから、後始末をしてくれる身寄りがおりません。とにかく周りに迷惑がかかっちゃいけないから、先日カラス国の葬儀社に相談をしたところです。何かの時は、この世とあの世の手続きを、事務的で結構ですので、飾りもお世辞も何もなしに、簡単に済ましてほしいと伝えました。

今日も一羽で巣にいます。ちょっと見はぼんやりとしていますが、実はあれこれと、思いを巡らせているのです。体はあちこちが疲れ果て、もうあの世の方に向かっているというのに、頭の中は別物みたいに、ぐるぐると足元を動き回っているのです。よっぽどこの世に、まだ未練があるみたいです。

そんな時でした。突然雲で覆われた空から強い日差しが、サッと巣の中に差し込んできたものですから、ハッとしたのです。ちょうど何かの知らせみたいに、ポンポンと体をたたかれた感じです。巣から外を見回しました。曇天の一か所に白いまぶしい雲が動いているだけで、もうどこにも日差しはありません。人家の屋根、電柱、緑の木々、電線に数羽の雀、見慣れた風景の中で、ふふーん、多分あれだなと察して目を留めました。うす桃色の綿菓子のような、モリモリとした盛り上がり。「桃の花が咲いた咲いた」と、桃本人が宣伝団長のつもりで、満開になったから早く見においでと、呼び鈴みたいに日差しを使って、わざわざはぐれガラスに知らせてくれたような気がしたのです。ありがたいことです。曇天ですがさっそく桃の花を見に行くことにしました。この先もう見られないかもしれませんから、ヨイショと気合いを入れたのです。

巣から三十秒そこそこの飛行で、裏通りの空き地の推定樹齢六十年ぐらいの、五本の桃の花のそばに来ました。桃の花の木に留まったら無礼だから、見物人がいないことをいいことに、古ぼけたベンチに降りたのです。せっかくの満開というのに、晴天でないとは、まことに気に入らぬことだと思いながら、ふと上を向くと、多数の花びらが静かに舞って落ちてきたものですから、さすがにこれには、不思議な気持ちがしました。満開のままで散るものですから、頂点の限界みたいな余韻が満々に溢れて落ちてきます。うっとりとして何気なく地面に降りて、散った花びらを観察していると、これはまた珍しい、おやおやっというものが目の中に入ってきたのです。つくしんぼのような茎に、ひまわりのような一輪の花。つまようじみたいに小さくて、こんな花は今まで見たことがありません。じっと見つめていたら、花から声がしてきたじゃないですか。

「カラスさん、わたしを見つけてくれてありがとう、つつかれるかと心配しましたよ」

「ほほ、そうかいそうかい、まぐれだよまぐれ、これじゃ見つけられないよ、桃のそばで咲いたら、分からないじゃないか」

「いえいえあのネ、本音を言うとネ、桃のそばでわたしはカラスさんを待っていたの」

「へへっ、そうなの、何でまた何で」

「桃はカラスさんを呼んで釣るためのエサなんですよ、わたしをよくごらんなさい」

「えぇーっ、そうかい、よしよし、それじゃにらめっこするか、どれどれよしよしと。どれどれ、これは少し変だぞ、どれどれ、何だか自分を見ているような気がするな」

「そうでしょう、わたしはカラスさんの心の中を知っているんですよ」

一瞬全身がしびれたのです。「心の中を知っている」なんて言われると、分かってくれる味方がいるような気がしたのです。

呪われたように、知らないうちにカラスに生まれ、「あっちへ行けっ」と、冷たく邪魔者扱いされ、それでも何とかしてがんばって、意地を張って強がっていたけれど、ぼくの内心は崩れそうで、つっかい棒が欲しかったんだ。

嫌われ者のカラスに小さな花一輪の味方。

これでもう充分です。

カァカァカァーッと、カラスの嬉し鳴きの声が聞こえますか？　本当ですか？

味方に会いたかったんだ！

あと五年の寿命を、土方歳三流でいく

ぼくの寿命はあと五年です。

いつだったか前に、テレビで顔なじみの識者が、土方歳三が活躍したのは実質五年ぐらいだと言ったので、じゃぼくも五年の月日にちなんで、五年は五年でも、「寿命はあと五年だ」と、そう思って覚悟したら、ピーンと緊張の糸が張って、蜘蛛の糸の如くうまい具合に、この頃、気になってしょうがない「天の力」とやらを引っかけることができるかもしれない。例の見えない力ですよ。大風にもなるし、そよ風にもなるし、空気みたいに存在していて、手でつかめない奴ですよ。

そんなことでして「寿命はあと五年」という旗印の下、ぼくは小癪な「天の力」に立ち向かうことにしたのです。がけっぷちに追い込まれたら、ひょっとして火事場の馬鹿力が出てくるかもしれない。何にもないぼくにとっちゃ、正直これしか頼る力がないのです。

いやいや、ちょっと待って下さいよ。こんがらがって間違えちゃいました。「寿命はあと五年」という旗印を思い付いたきっかけは、土方歳三じゃなく、坂本龍馬の実質五年の活躍からだったのです。それでひょっこり何であそこに、土方歳三が出てきたかと申しますと、普段からチラチラ、ぼくの頭の中に土方歳三が蝶のように舞っていたのです。そうなんです。何であんな負け戦に、函館まで北上して、突き進んで行ったんでしょうかねぇ。あの凄みという奴ですよ。滝を登っていく魚みたいじゃないですか！

日差しが暖かいともう春だし、冷たい風が吹くとまだ冬だし、そんな二月でした。

一通の封書が届きました。差出人はとある出版社で、「寿命はあと五年」の旗印を掲げてから、三年目の春が訪れようとしていました。

その間、ぼくは運試しに、文章で世に問うことを企んで、童話、短編、散文詩などを数社の出版社に送って、手ごたえを見ていたのです。が、出版社に届いたはずなのに、全く受け取りの礼儀も何もなく、ずーっと長いこと、知らんぷりばかりされていましたので、この一通の封書は胸にしみ込んできたのです。きっといい知らせにちがいない。

ところが、封書を開けて少し読むと、落選の通知文でした。何でわざわざ落選通知なんか送ってくるんだろう。たわけたことを、御節介な。「嬉しがらせて泣かせて消えた」と流行歌の文句が浮かびました。

小一時間ほどぼんやりしてから、それでもせっかくの封書だから、よくよく丁寧に読みますと、「入賞しませんでしたが、別途、自費出版の道があります。それなりのお金が必要になりますが、いかがでしょうか」と書いてありました。

分かりました。自費出版のお誘いですか。

それでぼくは躊躇なく、自費出版に応じることにしたのです。何のことはない、ぼくの「寿命はあと五年」の糸に、「天の力」が少し引っかかったと解釈したのです。ありがたい「縁」に触れた感じでした。

本の題名は「素人ふみ自慢」にしました。

ＮＨＫの番組「素人のど自慢」から拝借したのです。今は何でもない人が、そのうち何でもある人を志向して歌う歌声。ぼくはこれこそが本物の歌声にちがいないと、かねてから思っておりました。ぼくの文章も、この歌声と同様に、そこら近所の八百屋のおっちゃんや清掃のおばさんやコンビニの店員や、生活が苦しくて毎日汗水たらし、くたくたになるまで働いている人たちが「いつかはあの山のてっぺんに立つんだ」と、見果てぬ夢を追っている、そんな昇りのエレベーター文なのです。

ちなみに紅白歌合戦は、ぼくにしたらあれは偽物の歌声です。

本の出版は秋でした。ちょうど同じ頃、又吉直樹の「人間」が派手な宣伝広告で発売され、ぼくの本は、ハズキルーペで探しても分からないほどのものでした。

実は原稿を書いている最中に、どうも気にかかることがありました。ぼくの文章は時代に合わないような気がしたのです。スマホ全盛の時代に、ぼくの文章は似合わない。昭和三十五年ぐらいだったら似合っている。

やっぱりそうでした。さっぱり売れないのです。だからといって、文章につけまつげをしたり、厚化粧したり、手品みたいな裏技を使ったり、色んな芸当を使って売り出そうなんて、それは全くぼくの好みじゃないのです。融通がきかないものですから、生まれ持った裸丸出しの文章、これしかぼくは書けないのです。

じゃ、このままで滝を登っていくか！

うん、まるで土方歳三じゃないか。そう、土方歳三流の文章でいく、とぼくは思ったのです。

毎朝コップ一杯の自信

花びらの季節が終わり、ウメもサクラもツツジも、今は緑の葉っぱがいっぱいの六月です。一休みしているように見えますが、実はこの時季、花の木は誰にも分からないように、アヒルの水かきみたいに、来年の開花の準備をもう始めているのです。

そんな最中のことです。

サクラはどうにも幹がムズムズして、かゆくて仕方がありません。何だろうとたまらず見渡してみたら、それもそのはず、何と蛇が幹を登ってきてるじゃないですか。それも図体は小さいが、色の具合がギョッとするほど黄色い蛇なのです。

サクラは必死になって、幹を揺すって追っ払おうとしますが、黄色い蛇は舌をチョロチョロ出しながら、ゆっくり幹を登ってくるのです。ちょうど小枝に黄色い蛇が来た時です、サクラが思いっきり小枝を揺さぶろうとしたとたん、黄色い蛇は、サッと自ら飛び降りて、どこかへ行ってしまったのです。

「ねぇねぇ、今の黄色い蛇見たぁ?」と、サクラは隣のウメとツツジに、さっそく聞いてみたのです。

「何も見てないわよっ」と、冷たい返事でした。

三日後のことです。サクラの葉っぱが十枚ぐらい、緑から黄色い蛇色に変色し始めたのです。一週間が過ぎると、全体の三分の一ぐらいが黄色い蛇色になってしまいました。

「ねぇねぇウメさんツツジさん見て見て、今度は見えるから分かるでしょう、まだ六月なのに、こんな葉っぱの色、おかしいでしょう？　枯れているみたいじゃない？」

「おかしいと言ったって、黄金色だし、ごほうびの色に見えるけどなぁ」とウメ。

「これからいいことがあるっていう徴(しるし)じゃないの、きっとそうよ、そうよ」とツツジ。

ひやかしの冷たさが迫ります。ウメもツツジもサクラのことを苦々しく思っているのです。一生懸命がんばって咲いているのに、サクラばっかりが派手に注目されるから、全く面白くなく、サクラに何か悪いことが起きればいいいと、常々念じているぐらいなのです。先日の黄色い蛇だって、本当はウメもツツジも、「いい気味だ」と思いながら見ていたのです。

七月になりました。とうとうサクラの葉っぱは、全部黄色い蛇色に変色してしまいました。しかも次第にハラハラと、落葉までし始めたのです。そしてまもなく、葉っぱが一枚もない丸裸のサクラの木になってしまったのです。ウメやツツジは自分の緑の葉っぱを自慢げに、時々チラッとサクラを横目で見るのです。「ざまぁーみろっ」という目付きでした。サクラも嫌な空気を感じ、癪に障り、「えーい、そっちこそ枯れちゃえーっ」と、にらみ返してやったのです。花の木同士と思えない程、まさかの汚いやり取りでした。

八月に入ったら、どうしたことか、酔っ払いみたいな台風が襲ってきたのです。沖縄から伊豆半島まで右に進んだら、また左へ沖縄まで戻り、それから八丈島までまた右に進み、そこから日本列島に向かって北上し、わざわざウメとサクラとツツジを目掛けて上陸してきたのです。家屋がなぎ倒され、三本の花の木は、すっぽり屋根の下敷きになってしまいました。日差しがさえぎられ、暗闇がジリジリと締め付けてきて、底の方へずり落ちて、海底トンネルみたいな所で止まったのです。

そして永遠みたいな時間が過ぎました。そのうちに、「ひどかったなぁ、少しずつ片づけていこうや」と、屋根を持ち上げる人の気配がし、すると、三本の花の木の身が軽くなり、辺りが明るくなってきたのです。三本の花の木は、しんそこホッとして、顔を見合わせ、やがてお互い、台風が去った後の日本晴れ！　という感じの、爽やかなスッキリした気分になったのです。

その時です！　空一面に、大きな大きな黄色い蛇がとぐろを巻いていたのです！

《どうじゃ、目が覚めたか。前々からお前たちに頼みごとがあってな、つい身辺をさぐったんじゃ。ところがどうだ、てんでバラバラでどうにも使い物にならん。しょうがなくお前たちを一度暗闇に落としたんじゃ。暗闇に落ちりゃ日差しが欲しくて、気持ちが一つにつながったはずじゃ。そうじゃろ、よしよし。

そこで頼みごとじゃが、——どうもこの頃、不正に慣れちまったのか、人間に正義が通用しないんじゃ。よくよく原因を分析してみたら、結局、人間は自信をなくしているんじゃ。何となく生まれてきたが、それでも何とか生きていかにゃいかんから、自信をなくしてうろたえる隙間から、悪知恵がこそとばかりに出てきているって訳じゃ。そんな邪悪のとばっちりが、あっちこっちに広がりそうになってきたんじゃ。

だからじゃ、この際じゃ、ぶっ飛ばす程の自信を、人間自身につけてもらわなくちゃいかん！ と思ったのじゃ。そうそう、横道(おうどう)を退治して、王道を行くってことよ。

――で、頼みごとはこうじゃ。大晦日の日にじゃ、バラも蓮もコスモスもひまわりも椿も、あらゆる花を集めてほしいんじゃ。そうじゃ、そういうことじゃ、世界の一面に花を咲かせてほしいんじゃ。いいか、お前たち三本の花の木が、その音頭取りじゃ。

「大晦日に勢揃いした花たちの顔見世」ってことよ。これぐらいのことをしないと、今の人間どもは、目をこすって前を見ようとしないのじゃ。どこもかしこも盛りの花でいっぱいになったら、少しぐらいは感動して、いくら怠惰な人間でも、いい刺激を受けて、「よしっ」と腰を上げてくれるにちがいない。

ついでにその時に粉雪が降っていたら、なお結構じゃ。「花たちの顔見世」が天から舞ってきたように感じるじゃろ！

そしたら、**「毎朝コップ一杯の自信を呑むんじゃ」**と、天の声が聞こえるじゃろ！》

――黄色い蛇はそう言って、空を泳ぐようにして、山の彼方へ去って行ったのです。

ぼくと神様

神様がいるとは思えない。だが、待てよっ！　いるような気がする！
あんただって、そう思っているんだろう？
ふふーん、実はぼくが神様だ！
いやいやあんただって、自分が神様だと思っているはずだ！

ぼくは築五十年の四階建てマンションの最上階・四階で寝起きして、もうかれこれ六年になります。この部屋は会社の寮でして、隣が会社です。通勤時間はたったの二分。もちろん部屋代はタダです。六畳二間ですから、一人暮らしでどうでもいい老人にしちゃ、広くてぜいたくな部屋です。が、たった一つ、エレベーターがないから、仕事を終えて帰る時、一階から四階まで合計四十八段の階段を歩いて上らなければなりません。これがきついのです。老人の体にちょうどいい運動だからと、無理やり自分に言い聞かせて、手すりをつかんで「よいしょ、よいしょ」と、掛け声に合わせて、ようやく四階にたどり着くと、もう心臓がぱくぱく脈打って息苦しく、破裂するんじゃないかと心配になってくるほどです。階段を上る度に、少しずつ寿命が縮まり、「ぼくはまだ人生の大事なことをやり残しているんです」と、言いたくなります。部屋の掃除とか、人間関係の整理整頓とか、立つ鳥跡を濁さずというじゃないですか。

ぼくの残り時間がカウントダウンし始めていたのです。

人生の終着点が向こうに見えてくると、体の微妙な違和感に敏感になって、ますます居心地が悪く、この頃はしょっちゅう涙は出るし、鼻水は出るし、脳のどこかが腐ったんじゃないかと疑がってしまう始末です。そのうち大量の目ヤニで前が見えにくくなるし、鼻からは血が出てくるし、それでもぼくは、病院が苦手ですから病院にも行かず、面倒くさくてそのままほったらかしです。年を取ると敏感になりながら面倒くさくなるのです。

それからしばらくしてのことです。職場で仕事中、荷物をグイッと持ち上げた時です、バリバリッと腰が音を立てて、強烈な痛みが一直線に走って体を貫いたのです。まさか痛みの音が聞こえるとは！　ほんとに氷に触れて冷たく凍ってしまうくらい、ぞっとしました。体の微妙なズレどころか、それこそ苦手な病院にお世話になりそうな、面倒くさい一大事が起きたのです。

その日は何とか痛みを我慢して仕事をしましたが、翌朝になると、もう体じゅうが痛みに襲われて立ち上がれず、「これで終わりだなぁーっ」と、男が情けなく泣きじゃくり、「神様お願い、助けてーっ」と悶えて叫び、そして自ら携帯電話で救急車に連絡したのです。

普段は神様など信じていないくせに、何でこんな時に、「神様お願い、助けてーっ」ってすがりついて、神様を呼ぶんだ？

診断書は脊柱管狭窄症でした。こんなもんじゃないだろうと思ったが、取り敢えず処方された薬を呑むと、不思議と三日目には少し歩けるようになりました。

そんな次第でして、ついついぼくは、この有様を回想しながら、仙人みたいになって、じっくり瞑想してみたのです。

何であそこで、もうダメだと思った時、無意識に神様を呼んだんだろう？　もしかしてぼくは……ひょっとして半人前の神様として……この世に生まれたのかもしれない。それであそこで、いざという時に、もう片方の半人前の神様を呼んで、一人前の神様になろうとしたんじゃないか？　ぼくだけじゃない、あんただってそうだ。半人前の神様として生まれ、一人前の神様になろうとして生きているんじゃないか？

だからこそ「神様っ！」て、何かの時にポロリと出ちゃうんじゃないか？

成る程そういうことですか？　考えてみたら案外、人間ってそんなもんかもしれない？　何だか辻褄が合うような気がしてきました。

ある日のことでした。季節は分かりません。時刻は夕暮れ時です。

ぼくはいつもの通り、四階の部屋に向かって階段を上り始めました。どの階だったのか、それもよく分かりません。ふと西方面の外を見ると、薄黒くシルエットになった山並みの上空に、夕暮れ時の灰色の空気を照らすように、お月さんが顔を出していたのです。「えぇーっ」と、驚いてしまうくらいまん丸くて大きくて、しかも微笑んでいるような感じでした。夜がこれから始まる頃ですから、空はそんなに暗くなく、当然、星明かりもなく、空は「お月さん」だけがうっすらと明るく、舞台に主役が一人、ちょうど大きな一個の丸い電球の灯りが点って、「こんばんは！」と言っているような光景でした。

一歩ずつ一歩ずつ、まだ生きているぞという実感を踏みしめて、階段を上る途中の、「こんばんは！」です。清涼飲料水なのか、栄養ドリンクなのか、いい人の声援なのか……

——ぼくはその時ふと、お月さんが神様のように見えたのです。そして、お月さんを見ているぼくが、スーッと向こうへ、透明人間になって渡って行ったような気がしたのです。

どうやらこれでうまい具合に、ぼくは一人前の神様になれそうな気がしました。

「ぼくは壁に恋ちっち！」

宝塚から阪神バスにゴトゴトと揺られて、四十五分ぐらいで、阪神尼崎駅に着きます。そこで、阪神電車に乗り換え、梅田駅に着いたら、次に御堂筋線に乗り換え、電車に合計二十五分ぐらい、ゴーゴーと揺られて、目的地・心斎橋大学に到着します。

何でもないことですが、ぼくにとっては、たったこれだけのことでも、もう体が疲れてしまうのです。年を取ると体を動かすのにひと苦労します。だからぼくは、エイッと魔法をかけて、強烈な鬼の気持ちを作り、衰えた体に、「この野郎！」と、強い鞭を打ち、「始め！」と、気合いの号令をかけ、「よしっ！」と、覚悟して乗り物に乗り、ようやくの思いでここに来ているのです。

そこでまぁ取り敢えず、目的地に着いたものですから、ホッと一息しようとすると、前方に心斎橋大学の視線が、キラッと光って睨み付けてくるのです。最初目が合った時、ここから先は、怪しい人は何ぴとも入れないぞという感じで、何だか関所みたいに見えました。

門をたたいたところ、ぼくの顔つきは怪しい人相じゃないらしく、試験もなしにお金だけはちゃんと払って、作家養成所の心斎橋大学に入学したのです。

ぼくは人一倍物好きですから、入学早々、どんな人がここにいるのかと、こっそりキョロキョロと、周囲を見回していました。空腹状態で食べ物を求めているような目の動き、殺気を秘めた人たち、この中の何人が後に、世の中に躍り出て行くんだろう？

大学の中に入って行くと、心斎橋大学は壁でした。それでぼくは、新米ですから、先輩の邪魔にならないように、トントンとひときわ静かに、心斎橋大学の壁をノックしています。ノックすると手ごたえが返ってくるのです。これが何とも言えず嬉しくて、がんばれます。

——ぼくは二十四歳の時に、三島由紀夫の「仮面の告白」を、何かのはずみで偶然読んだのです。ぼくと同じ年頃の時に、三島由紀夫はこんな華麗な文章を書いていたのか。「とてもじゃないが敵わん」と、ぼくは後ずさりして、一時期文学から遠ざかってしまいました。住む場所がちがうなという感じでした。

数年後、「金閣寺」を読みました。難しい言葉が出てきて、いくら華麗な文章の小説でも、一部の人に分かるだけで、一般の人には読みづらいんじゃないかと思ったのです。

半年前に、村上春樹の「風の歌を聴け」を読みました。難しくありませんでした。その影響がすぐに出てきて、それ以後、ぼくは文章を書く時に、ぼくという一人称を使うことが多くなったのです。

昨日、今村夏子の「あひる」と「星の子」を読みました。高校生でも中学生でも、多くの普通の人だって、辞書も引かずに読めるような文章でした。そっと暮らしてがんばっている人に向かって、書いた文章のようでした。「これだよなぁー、分かり易い文章だよなぁーっ」と、ぼくは思ったのです。

ところで、ぼくは長いこと、文章書きに精を出しながら、うまく書けず、どうやってしたら、この思いを、スムーズに他人に伝えられるのか、あっちへ行ったり、そっちへ行ったり、こっちへ戻ったり、いつも壁にぶつかっては、こぶを作りながら今日まで来たのです。

この頃になって、ジレンマの只中で、壁のぶつかり具合がよかったのか、ふとほんとにふと、あの人の真似でもして、文章を書いたらどうだろうと思い当たったのです。

作曲家であり作詞家でもあり、歌を歌ってもうまかった、故・浜口庫之助です。

「バラが咲いた」「夜霧よ今夜も有難う」

「ぼくは壁に恋ちっち！」

「星のフラメンコ」「粋な別れ」「恋の町札幌」「愛して愛して愛しちゃったのよ」

「夕陽が泣いている」「涙君さよなら」

そして「僕は泣いちっち」

どれもこれも浜口庫之助の作詞作曲です。

ツバメがスイスイと飛んでいるようなメロディー。バラエティーみたいに、あちこち多方面から恋をつづった洒落た文句。ぼくの文章も、あんな風なリズムで、楽しく面白く、皮肉っぽくおかしく、とにかくクスクス・ニヤニヤと、大衆が希望に向かって、どんぶらりどんぶらりと、気持ちよく流れていけるように書けたら！　と思うのです。

「ぼくは壁に恋ちっち！」

さてぼくは最近、自分らしい文体の、人生の締め括り文を書く準備をしています。ぼくは恵まれなかったので、その分、どん底にあえいでいる人々が、不合理な世間の慣わしを打ち破り、逆転へとつながっていく、参考文でも書ければと思っているのです。

まずはぼくが、心斎橋大学の壁を乗り越えないといけません。そこで、参考文が本になったら、それこそ心斎橋大学の壁を乗り越えたという証拠になるような気がしたのです。

そう思いましたので、さっそく本の題名を決めました。

「ぼくは壁に恋ちっち！」です。

白い寺・だいだい寺

ぼくはこの町に来て七年になるが、まだ「白い寺・だいだい寺」に一度も行ったことがなかった。電車の駅名にもなっているから、この辺りの代表的な存在らしいことは分かっていたが、足が向かず、遥か向こうに見える白木山の山腹に、「白い寺・だいだい寺」の塔が立っているのを、ただ何となく、見るともなしに見ていた。

ぼくが働いている会社は少し体力を使う会社だった。

二十七歳の松川という男がいた。老体のぼくが、汗を流して仕事をしているのに、この松川という男、若いくせに、要領よく立ち回り、体を動かして汗をかくことをしなかった。周囲の人は「動かない足腰」と呼び、運動神経がないみたいだとか、親はどんな育て方をしたんだろうとか、こそこそと内緒話をしていた。好ましく思われていない空気を、本人も薄々は感じているだろうに。肝が据わった奴だ。一向に気にして落ち込む様子も見せず、しょっちゅう柔らかな目付きで、自分の方から他人に近づいて、ニヤニヤと話しかける癖があった。摩擦を和らげる潤滑油みたいな演技をしやがってと、ぼくは舌打ちをした。松川の正体は詐欺師だ。間違いない。

この間、事務所でぼくに「趣味は何ですか？」と言ってきた。仕事で忙しい時に、わざわざかけ離れたことを聞いて、さてはと、ぼくとの距離を縮めようなんていう魂胆が見えたので、ぼくは面倒くさくなって、とっさに「文学ですよ、今度本を出すんです」と、嘘っぱちのたわごとを言い返してやった。「本を出すんですか？」と、驚いた顔つきをしたので、ぼくはしめしめと思って、「そうです、本を出すんです、ぜひ買って下さいよ」と、強くたわごとを言い返してやった。ほんとに嫌な奴だから、ぼくは松川をからかってやったんだ。

数日後、どういう訳か松川は主任に昇格した。負け越しばかりの力士を大関に昇進させて、社長の目は節穴か？　これまでも不可解な人事がたびたびあった。正直このままこの人が社長でいたら、そのうち会社が消えて無くなるような危うさがあった。が、個人商店の創業者の長男で二代目だから、誰もまっとうな文句を言えない。文句のある人はさっさと自らやめていった。ぼくの場合は、文句を言いたいが言わないでいた。理由は明確だ。どういう訳か、七十二歳のよぼよぼのぼくをまだクビにしないでいる。おかげでぼくは飢え死にしない。その辺の優秀な経営者だったら、もうとっくにぼくはお払い箱だ。内心この社長は、ダメな社長だと思いながら、あっちを向いて、神様っ仏様っ社長様っと敬い合掌し、へへーっと頭を下げて、ぼくはこの社長から、生きるためにご飯をいただいている。今にどっちも転げるような不適切な関係である。

松川は朝礼で、主任昇格の挨拶をこんな具合にした。

「入社してから、常に汗を流してがんばってきました。これからも変わらずがんばります。何か問題がありましたら、遠慮なくどしどしと言ってきて下さい。期待に応えるのがぼくのモットーです。頼られると数倍張り切って応えます」

ぼくは一瞬、ぼくの見る目が曇っていたのかとたじろいでしまった。松川本人はほんとに一生懸命に仕事をしていると思っているんだ。恐ろしいくらいのひどいズレ。松川が川松に変身したみたいだ。行きたくない所へ行かされるような気持ちになった。

四月中旬、コロナの影響で会社は休業になった。せっかく昇進した松川はいいところを見せられず、元気をなくし、ぼくはポツンと部屋に閉じこもった。が、運動不足が気になって、ぼくは近くの公園で少し散歩をしていた。そのうち平坦な公園では物足りず、もっと起伏のある場所を探していたら、「白い寺・だいだい寺」が、にわかに浮かび上がり、こんなことからやっとこ、ひょいとして、「白い寺・だいだい寺」へ足が向いたのである。

四国製麺の駐車場に、客を装って無断駐車し、「白い寺・だいだい寺」の方へ歩き出した。

大きな山門をくぐり、なだらかな坂になった石畳の参道を歩く。それから三十八段の階段を上り、続いてもう一つ三十八段の階段を上り、それから二十二段・十三段の階段を上ったら、「五重の塔」がそびえていた。いい運動になった。

境内は整理整頓され、建物はほとんど新しく、全く金に不自由している様子が見えない。やたらと赤子を抱いた若い夫婦が行き交う。「安産特別祈祷・御祈祷料二万円」「厄除開運・心願成就　御祈祷料三千円」。至る所にさい銭箱が目立つ。

御祈祷ですか？　それって成就しますか？　自分の力じゃどうしようもない領域に付け込まれちゃ、一途(いちず)にワラをもつかむ気持ちになってしまう。うまい具合にお寺も商売ですか？

こんな現実を間近に見て、これに比べたら松川も、それに社長だって、あれで結構人間臭くて、ちょうどいいような気がしてきた。

まぁまぁ所詮、人生は遊びだ。大いなる遊びだ。少しぐらいだったら悪さも許される。

それにしても、「白い寺・だいだい寺」が、善良な悩み人から、あんなに高い金を取っちゃって、ちょっと悪さが過ぎるじゃないか！

——しょうがない、ぼくがさい銭箱のない、「白い寺・だいだい寺」を建立しよう。

下剋上

もう五十年程も前のことだから、ぼんやりとして霞んでいるが、それでも佐伯宗六は物語みたいに覚えている場面があった。

一つはこうだ。

宗六が部屋に入ると、ちょうど先客の女性の面接が終わり、両者が立ち上がって去り際(ぎわ)の挨拶をしているところだった。「明後日にまた来て下さいネ」と声がし、「はい、よろしくお願いします」と返事が聞こえた。普段よく聞く何でもない言葉だが、それが微笑み混じりの調子で、いい気持ちになるくらい、両者の言葉が響き合っていた。この人は合格だなと宗六は思った。

面接官は五十過ぎぐらいの女性で、女性としては不健康そうな土っぽい顔色をしていたが、キラリと光り、学識豊かな目付きをしていた。二十代前半の女性が足取り軽く部屋を出て行ったあと、宗六が履歴書を面接官に手渡すと、一瞥（いちべつ）して「字が汚いですねぇ」と、見放すようなひんやりとした声が返ってきた。

もう一つはこうだ。

「新聞の募集を見て面接に来ました」と、部屋の入り口近くの机に座っていた三十代の男性に、宗六は大事な物を預けるように履歴書を手渡した。「はい、しばらくお待ち下さい」と言って男性は立ち上がり、奥の部屋に向かって行こうとしたところ、その前を先んじるように学校の校長先生みたいな、威圧を感じる六十代ぐらいの男性が現れて、連れ立って奥の部屋に入って行った。あの人が事を決定するんだろうなと思っていたら、たったの二分ぐらいして三十代の男性が部屋から出てきて言った。

「大学を出てませんねぇ」

宗六は中学生の頃、勉強もできないくせに学級新聞を作るのが好きだった。それというのも自分で書いた文章で、新聞を飾るのが好きだったからだ。時間の存在を忘れるくらい無我夢中になれる。たまらず体全体が燃えるような心地になるのを感じていた。ちょっとおかしいくらい自分で書いた文章を、幾度も読み返しては酔いしれて、恍惚感にぼーっと浸っていた。

それだけじゃない。宗六はうずうずして自慢したくて、クラスメートにこう言ったんだ。

「いいかい、ぼくの文章は、そのうち方丈記や徒然草や奥の細道や檸檬や伊豆の踊子みたいに教科書に載るんだ！」

宗六はこの頃に、自分の書く文章が世の中に通じるかもしれないという予感を覚えた。

（それだというのに、実際はどうだ？）

――社会に出たので、さっそく出版社に入り、一丁浮き浮きと本作りをやってみようと立ち向かって行ったが、天下の出版社に、「あんたに用はないっ」とガツンと肘鉄砲を食わされ門前払いされた。

「心が触れ合った」と、テレビドラマによく出てくる、水の流れにうまく乗せてくれる親切な案内人にも会わず、字は汚いし学歴はないし、どう見てもこの世では正門から入る資格がないらしく、止むを得ず正門の脇の門から、宗六は未来に向かっていった。あとあと考えると、結局正門から入っていかなかったことが、書く文章に特段の味がついたように思う。

それから色んな仕事をした。面倒な資格の条件がなく、どこも簡単に採用してくれそうな所を選んだ。

本屋の店員（自分で働いて生活費を稼いだ最初だった）、それからカメラ店の店員、米屋の店員（米俵をかつぐ仕事だったから、翌日になったら体じゅう筋肉痛がひどくて、米屋に行ったのは一日だけだった）、夜間勤務の製本所、営業マン（英会話の教材を売る商売だった。一か月かかっても一件も契約が取れず、こそっと忍び足で立ち去った）、そのあと水商売（金がなくて日払い三千円に引かれて入った。当然、男女間の本性にもまれにもまれ、ぞっとするほどのスキャンダルな経験もした）。

そして職を転々とした挙句（あげく）、年老いて、五十四歳の時、行く当てもなくパチンコ店へと転がり込んでいった。

宗六がまだ若かった頃、今とはずいぶんちがって、パチンコ店といえば、どこにも行けず相手にもされず、どうしようもない人たちが働き、世間から白い目で見られ、宗六自身もあそこで働くもんじゃないと冷ややかに見ていた所だった。ところが巡りに巡って、まさか宗六が落ちぶれ果てて、パチンコ店のやっかいになるとは。知り合いの占い師の目がパチパチクリクリとしていた。

老いた宗六の所持金は四千円しかなかった。

が、衣食住完備で、何でも受け入れてくれる、そういう表現が一番ピッタリの、海のようなパチンコ店があったから、髪の毛が一本入る程の隙間をうまく通り抜け、生死紙一枚のところを宗六は生き延びられた。

宗六にとってパチンコ店は、幼い頃感じた両親の温かさだった。

捨てる神や拾う神や色々と、時間は丸く円のように回っているのかもしれない。ちょうど順番が来て、拾う神が待っていてくれたような気がした。

その後長いことほんとに長いこと、宗六はパチンコ店の寄生虫みたいな形(なり)をして、底辺の暮らしをなめながら、悔しくてやりきれない程の惨めな苦労や、生身の人間の汁を吸った。

ここではよく人間が見えた。パチンコ店ぐらい人間の本性が現れる場所はなかった。遊技をしている様子を見ているだけで、この人は几帳面な人なのかそうじゃないのか、善良な人なのかそうじゃないのか、義理と人情が分かる人なのかそうじゃないのか、だいたいの性格が分かってしまう。遊技姿は、そのままその人だった。化粧も飾り付けも演技も何もできない。

脇の門から入って奥の門を越え、パチンコ店へ入っていって、宗六は絶好の人間観察の場所にたどり着いたと思った。パチンコ店は世間の底辺でありながら、山の上の頂上だった。見晴らしがよくて辺りがよく見通せた。

その上、ここで宗六のゆらゆら揺れて消えそうな種火から、ひっくり返してやろうする底力みたいな強火が、めらめらと点いたのだった。

何しろ、他人様が遊技しているのを、見張っている仕事だったから!

一方は遊技、一方は仕事。境遇のちがいがまざまざと突き刺さった。いつの日にかはと思った。下から上へ飛んで行くぞと、気持ちを奮い立たせて、そうやって宗六は生き抜いてきた。

ひょっとしてこの生き方が、宗六がこの世に生まれてきた役目だったのかもしれない。

生まれる前から、「あそこへ行って勉強しろっ！」と、パチンコ店行きが、もう決められていたんじゃないかと思われた。

考えてみればみる程そんな気がした。

世間では何の資格にもならない、名づければいわば、戦場の前線みたいなパチンコ大学で、欲望の泉が絶え間なく湧き立つ、汚いギリギリの線上で、落っこちそうで落っこちないように天秤を操り、人間のクズみたいな腐敗臭のする所を、魚みたいに泳ぎ、図々しく生きていく。

これだなと宗六は思った。

常に泥沼にはまりながら、それに負けないくらいの希望を追いながら（おまけに希望って奴は無理やり引っ張ってこないと出てきやしない）、懸命な生きざまを示すために生まれてきた。

――段ボールの住み処に転がって住んで、痩せ細った人間が、蘇って一泡吹かせるという訳である。


宗六はその手本になるために生まれてきた！

三日前に降った大雪が除雪車に隅に追いやられ、高さ三メートル程の塀みたいな雪の壁になって、パチンコ店の駐車場を四角にぐるりと囲んでいた。

ゴツゴツとして所々黒い土が入り混じり、ひとひらひとひら空から降ってきた雪にはとても見えない程、無骨な塊になり、どーんと腰を据えて、異様な風圧を放ち、これが真夜中になると、もっと怖くなるんだ。雪と分かっていても薄明かりの中、まるで化け物が横たわって、こっちをじっと睨んでいるように見えるから、たまったもんじゃない。

北陸で生活するようになって、冬に目にする風景。

正にこの風景は、自分に似ていると宗六はつくづく思う。

そのうち溶けて消えてしまうというのに、白い雪が醜い格好になっても、ただでは済まさんぞと、密かに音なしの構えで、獲物を狙っているような気配が宗六には感じられる。

ところで最近、やたらと尿の回数が多くなり、一日三十回を超えるようになった。血圧は一七〇の数字を指すし、手指を動かすと関節が痛んだ。体を動かすことがおっくうになった。そろそろ歩けなくなるかもしれない。

宗六はお終(しま)いが迫っているのを感じた。

——久しぶりにあの時、五十年程前に振り向いてもくれなかった、ふたつの出版社に出向いて行こうと、宗六は考えた。

持って行くのは履歴書ではない。

「たかがいたずら半分　されど蛙が空を飛んだ」

どう世間の目に留まるか？　宗六が全知全能を懸けた文章だ！

著者プロフィール
曽我 茂司（そが しげし）
1948年４月生まれ。
岐阜県中津川市神坂出身。
著書に『素人ふみ自慢』（2019年、文芸社）がある。

たかが、いたずら半分 されど、蛙が空を飛んだ

2021年７月15日　初版第１刷発行

著　者　曽我 茂司
発行者　瓜谷 綱延
発行所　株式会社文芸社
〒160-0022 東京都新宿区新宿１－10－１
電話 03-5369-3060（代表）
03-5369-2299（販売）

印刷所　株式会社フクイン

ISBN978-4-286-22784-9